귀여운 밤돌이들이 세상을 구하지

일러두기
본 책의 맞춤법은 현행 규정과 국립국어원의《표준국어대사전》을 따랐습니다. 단, 말풍선 속 대사와 본문의 일부는 저자 고유의 말맛을 살리기 위해 표준 한글 맞춤법과 다르게 표기한 부분이 있습니다.

귀염뽀짝
햄스터 가족
포토 에세이

글·사진 한채영

귀여운 밤돌이들이 세상을 구하지

포르체

프롤로그

저와 함께 살고 있는 귀여운 밤톨 가족들을 소개합니다!
'밤톨이들'은 제가 햄스터 친구들을 부르는 애칭이에요. 저희 집
아이들을 보면 밤나무에서 떨어진 밤송이들이 데굴데굴 굴러다니는
모습이 떠올라 '밤톨이들'이라고 부른답니다. 제겐 밤톨이들을
하나둘 데려와 '밤'이라는 컨셉에 맞춰 이름을 지어 주는 순간이
설렘의 시작이에요.

밤톨이들 주인이자 이 글을 써내려 가는 저는 SNS에서
쥔장(주인장)이라고 불리고 있어요. 책에서도 종종 쥔장이라고
등장할 예정입니다. 밤톨이네는 제 가족을 만들고 싶다는 생각에서
시작되었어요. 학업으로 혼자 상경하게 되었는데 종종 서울에
덩그러니 떨어진 것 같다는 생각이 들었거든요. 나만의 가족을
만들어야겠다는 작은 생각이 소중한 밤톨이들과 함께하게 된
제 인생의 큰 전환점이에요.

밤톨이네의 시작이자 맑눈광 군밤이, 통통한 애교쟁이 알밤이,
무심한 세모눈 도토리, 순한 곰돌이 밤탱이, 말썽 피우는 햄쪽이
밤고흐까지. 각자 매력을 가지고 있는 다섯 마리 햄스터들과 가족이
된 모든 순간이 소중한 선물 같아요.

2년이라는 햄스터의 평균 수명은 제게 너무 짧게 느껴지지만 짧은
만큼 최대한 모든 순간들을 기억하고 싶었어요. 그래서 매일 육아
일기를 적듯이 SNS를 시작하게 되었답니다. 덕분에 이렇게 책으로도
밤톨이들을 기록할 수 있어서 행복해요. 이 책을 보시는 분들도
밤톨이들과 함께 행복하시기를 바라요. ❤

2024년 6월
한채영

목차

이름 알밤이

생일 2022년 2월 22일

성별 공주님

특징 편식이 없고 움직임이 둔해 통통한 편이에요. 주황색 털이
특징이고 몹시 순한 성격을 가지고 있어요. 쥔장과 가장
친밀한 관계를 맺고 있는 단짝 햄스터예요. 제겐 둘도 없는
세상에서 가장 따뜻하고 복슬하고 말랑한 존재랍니다.

먹기 위해 태어난 햄스터

알밤이는 먹는 걸 참 좋아하는 햄스터예요. 편식 없이 모든 음식을
잘 먹어서 통통한 뱃살을 가지고 있답니다. 간식 욕심이 많아
볼주머니와 음식 창고가 비어 있는 순간이 없어요.

알밤이에게 간식을 줄 때 장난을 많이 쳐요. 맡겨 둔 간식을 되찾아
가는 것 마냥 온 힘을 다해 제 손에서 간식을 뺏어 가는 모습이 너무
귀여워서 자꾸 장난치게 돼요. 간식을 쟁취한 이후엔 다시 뺏길까 봐
집으로 후다닥 뛰어가는데, 그 모습이 정말 약 오르기도 하고 웃음이
나와요.

쥔장이 준 마카다미아를 소중하게 쥐고 있어요.

치즈 훔치다 잡힌 알밤이.

너무 맛있으면 귀가 뒤로 접힌다고 해요.

알밤이만 한 애호박을 선물 받았어요.

마음에 드는지 꼬옥 쥐고 있는 알밤이.

살짝 웃고 있는 것처럼 보이는데 제 기분 탓인가요?

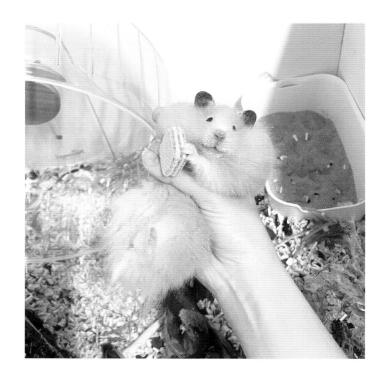

맨날 이렇게 티격태격 싸우는 사이.

부모님께 제 작은 서울 가족들을 소개할 때 살짝 두근거렸어요.

부모님이 종종 사과를 보내 주시는데,
함께 끼워서 보내 주시는 사과 나뭇가지가
밤톨이들을 향한 은근한 애정으로 느껴져요.

밤톨이네 할아버지가 사과를 보내 주셔서 찍은 후기 사진.

볼주머니가 쭈욱 늘어났어요. 절대 뚫리지 않는 강철 볼주머니!

못 말리는 알밤이

알밤이는 순하지만 사고도 많이 치는 햄쪽이에요(햄스터+금쪽이).
케이지 안에 넣어 준 예쁜 꽃들을 하루만에 다 물어 뜯어 놓는다거나,
바닥에 깔아준 베딩을 다 헤집어 둔다거나, 용품을 엎어 둔다거나….
찐장이 좌절할 일을 많이 만들어요. 그렇지만 귀여워서 다 용서가
된답니다. 귀여움이 세상을 구한다는 말도 있잖아요.

알밤이가 말을 안 듣는 순간, 제가 알밤이를 놀리기도 하는 순간들을
담아 봤어요. 체구도 작고 저와 항상 투닥거리는 알밤이지만, 제겐
의지할 수 있는 무엇보다도 크고 든든한 버팀목이에요.

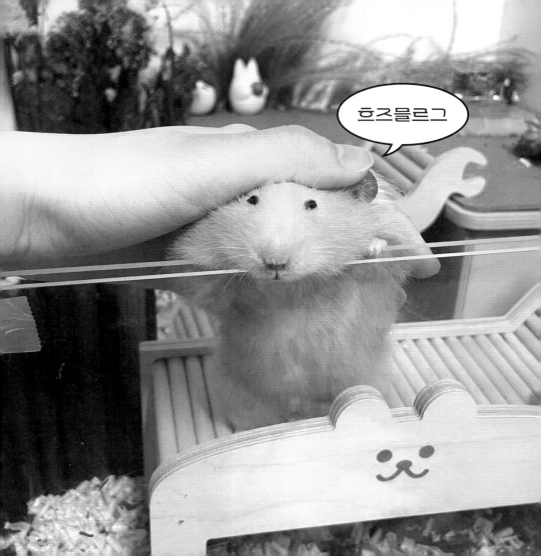

청소하다 사라진 알밤이를 30분 동안 찾아다녔는데,
알고 보니 쓰레받기에 숨어 있었어요.

쥔장을 약 올리듯 뿅 하고 나온 순간.

미래에서 온 햄박사라네.

정신이 드는가?

알밤이 집에 눈이 내렸어요.

눈밭에서 뿅 튀어나온 햄스터 같죠?

만약 야생의 햄스터를 발견한다면 이런 느낌일까요?

핼러윈 파티를 기다리다 잠든 알밤 유령.
세상에서 제일 작은 유령이에요.

신나게 흙 놀이한 거 얼굴로 보여 주는 중.
두더지 아니고 햄스터 아니고 두더쥐.

번데기처럼 대롱대롱 매달려서 저를 빤히 쳐다보는 알밤이.
알밤이의 주특기인데 꽤나 오래 매달려 있어요.
나름 햄스터라고 쥐똥만 한 꼬리도 달려 있답니다.

알밤이의 따뜻한 공간

꽃과 풀을 좋아하는 게 알밤이와 저의 공통점이에요. 그래서
알밤이의 집은 제 취향을 가득 담아 꾸민 공간이기도 합니다.
최대한 자연이 가득한 느낌으로 꾸몄는데, 알밤이도 몹시 만족하는
듯 보였어요. 케이지 내부를 예쁘게 꾸미니 어디서 사진을 찍어도
알밤이의 햄생샷을 남길 수 있었답니다!

저만의 햄테리어 꿀팁은 갈색 계열의 색깔을 많이 사용하는 거예요.
나무, 코르크 등 갈색 용품으로 다양하게 꾸며 주면 따뜻하면서도
자연 속에 있는 듯한 느낌을 살릴 수 있어요. 알밤이의 주황색 털과도
잘 어울리죠?

따뜻한 알밤이 집으로 초대합니다!

가을에는 여러 종류의 곡식과 갈색 풀을 많이 넣어 주기 때문에
먹보 알밤이가 가장 좋아하는 계절이에요.

가을 여자, 한알밤.

알밤이가 가장 사랑하는 나무 미로 룸.

해동지를 넣어 주면 입으로 물고 가서 저렇게 둥지를 만들어요.

둥지 속에 있다가 막 일어나서 나온 햄스터 자리에 손을 대면

따뜻한 온기가 그대로 느껴져요.

알밤이의 시선

알밤이의 눈빛에 집중하면 좋고 싫음, 그리고 요구하는 것이
무엇인지가 느껴져요. 특히 원하는 것이 있어서 저를 빤히 쳐다볼
때가 정말 귀여워요. 알밤이와는 눈빛 교감을 많이 하는데,
밤톨이들을 키우며 힐링되는 순간 중 하나랍니다.

햄스터는 소리를 내지 않아서 움직임과 눈빛으로 많은 것을
파악해야 해요. 그러다 보니 밤톨이들을 집중해서 관찰할 때가
많아요. 밤톨이들과의 눈 맞춤은 정말 소소한 행복이에요.

힘든 하루의 끝에 집으로 돌아와 밤톨이들과 마주 보면 하루의
고단함이 씻겨 나가는 기분이에요. 이 작은 존재들이 제게 주는 힘은
엄청나게 큰 것 같아요.

알밤이와 함께한 따뜻한 크리스마스.

작은 산타예요. ♥

뵤-. 지구를 정복해 버린 햄스터.

거울에 비친 자신의 모습이 신기한지 한참을 쳐다봤어요.
사실은 쥔장을 거울로 감시하는 걸지도…?

전 알밤이의 눈빛을 너무 좋아해요.
눈 안에 별이 한가득 담겨 있어요.

뭔가 요구 사항이 있는 인절미 떡.

아기 알밤이

알밤이는 제가 두 번째 주인이라 태어난 직후의 모습을 직접 보지는
못했어요. 처음 만난 알밤이는 덩치가 꽤나 커서 아기 햄스터로
보이진 않았지만 고작 2달 된 아기였답니다. 제 눈엔 알밤이의 모든
순간이 아기로 보여요. 햄스터는 마지막 순간까지도 아기 같아요.

알밤이가 제게 왔을 때 저도 초보 집사였기에 못해 준 부분도 많지만,
돌이켜 보면 행복했던 기억이 많이 떠올라요. 절대 변함없는 건 항상
진심으로 사랑한다는 점!

아기 알밤이도, 할머니가 된 알밤이도 모든 순간을 사랑해. ♥

쥔장이 가장 좋아하는 사진이에요.
알밤이를 만난 지 얼마 안 되었을 때의 모습이 가장 예쁘게 담긴
사진이랍니다. 현재 SNS 프로필도 이 사진이에요.

이 사진에 대한 애정이 커서
아마 몇 년이 지나도 프로필은 안 바꿀 것 같아요.

조금 뚠뚠한 아기.

잠깐 화장실 다녀온 사이에 졸고 있는 아기 알밤이.

아기는 어디서든 잘 자요.

이름	군밤이
생일	2022년 3월 21일 (추정)
성별	왕자님
특징	크고 맑은 눈을 가지고 있어요. 쳇바퀴 타는 것을 좋아하는 활발한 햄스터랍니다.

군밤이와의 첫 만남은 우연히 거리에서 햄스터를 분양하는 아저씨를 마주치며 시작되었어요. 아저씨 앞에 놓인 상자 속 이리저리 치이고 있던 작은 군밤이. 군밤이가 눈에 밟혀 그 앞에서 30분 동안 우두커니 서 있었어요. 그 때 군밤이와 눈이 마주친 순간을 잊지 못할 것 같아요. 결국 군밤이를 데리고 집에 가는 길, 첫 반려동물을 키운다는 설렘과 어떻게든 끝까지 책임져야겠다는 굳은 다짐이 섞여 기분이 오묘했답니다.

초롱초롱 눈망울

군밤이의 가장 큰 특징이 무엇이냐고 묻는다면 초롱초롱한 눈망울을
고를 것 같아요. 군밤이의 크고 맑은 눈 속에 한 번씩 제 모습이
반사되어 보일 때, 서로가 연결되어 있다는 생각이 들어서
마음이 든든해져요.

케이지 밖으로 꺼내 달라고 난리를 피우는 군밤이의 눈을 보면 맑은
눈의 광햄 같답니다. 힐링이 되기도 하고 광기가 느껴지기도 하는
군밤이의 다채로운 눈을 좋아해요.

뽀잉-. 굴 속에서 튀어나온 아기 쥐.

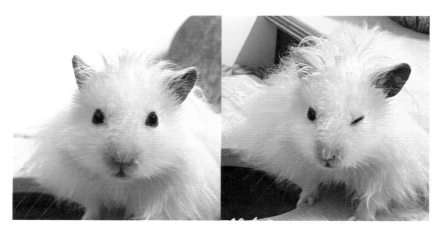

윙크 - ⭐

케이지 밖으로 산책시켜 달라고 시위하는 군밤이.

저를 빤히 쳐다보는 군밤이가 너무 귀여워서
항상 군밤이의 요구 사항을 들어 주는 편이에요.

간식 먹으며 폭풍 플러팅.

맑은 눈의 고양이와 맑은 눈의 군밤이!

군밤이의 털 드레스

군밤이는 장모 남아라 아주 긴 털을 가지고 있어요. 털이 엄청 길어서
드레스를 입고 있는 것처럼 보이기도 해요. 체구도 작고 슬림한데
털까지 길어서 종종 머털도사라고 부른답니다.

군밤이처럼 털이 긴 경우에는 직접 미용을 해 줘요. 미용을 하지
않으면 베딩이나 작은 똥이 털에 잔뜩 달라 붙어서 지저분하게
보이거든요. 주로 작은 빗이나 칫솔로 털 결을 정리하고, 손톱 가위로
털을 잘라 줘요. 예쁘게 미용하는 것보다 더 중요한 건 햄스터가
알아채기 전 미용을 끝낼 수 있는 스피드예요.

이 땐 초보 집사라 셀프 미용에 서툴러서
털에 계단 같은 층이 생겼어요.

어리둥절.

아기 복슬 천사

군밤이의 큰 눈을 보면 참 맑다는 생각을 해요. 유난히 고단한 날엔 군밤이와 오랜 시간 눈 맞춤을 해야 피로가 풀리는 것 같아 루틴처럼 눈을 맞추곤 합니다. 군밤이는 저만의 비타민이에요.

한 번씩 이 작은 햄스터가 내 인생에 나타나 줘서 정말 고맙고 행운이라고 느낀답니다. 군밤이가 없었다면 다른 밤톨이들을 만날 수도, 밤톨이네가 시작될 수도 없었을 거예요.

내 인생의 작은 선물,
복슬복슬하고 착한 나의 아기 천사 군밤이.

햄스터는 야행성이지만 군밤이는 아침에도 종종 나오는데,
자고 일어났을 때 서로 눈이 마주치면 그날은 하루 종일 행복해요.

세상에서 제일 귀여운 비타민. 🖤

자다 일어나서 고구마 먹는 털북숭이.
살찐 햄스터 아니고 부은 햄스터!

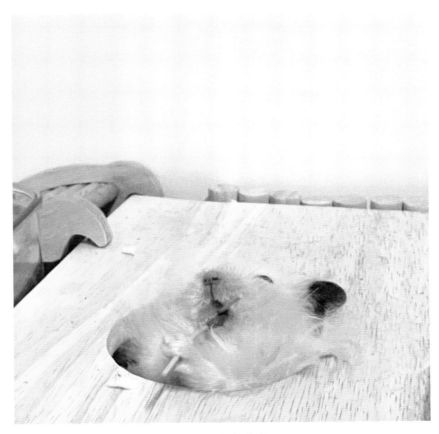

간식을 향한 열정!

사진으로만 봐도 말캉한 복슬복슬 군밤이.

주변이 소란스러워 자다 깬 땅굴 쥐.

표정만 봐도 언짢아요.

의사 표현이 확실한 천재 햄스터

군밤이는 행동으로 원하는 것을 확실하게 표현해요. 나가고 싶으면 제가 가까이 갔을 때 케이지 문으로 후다닥 뛰어오고, 원하는 게 있으면 제가 알아챌 때까지 가만히 저를 쳐다보고 있어요. 작고 귀여운 햄스터가 저를 필요로 하는 것도 행복한데, 그 표현법도 사랑스러워서 더욱 행복해요.

햄스터의 행동을 관찰하다 보면 반복적인 특성을 발견할 수 있어요. 그 안에 소소한 행복과 사랑스러움이 있답니다.

(소근소근) 어이 거기 해씨 하나만 내놔.

청소한다고 잠깐 작은 통에 넣어 놨는데
본인이 왜 여기 있어야 하는지 도통 모르겠다는 표정.

유독 바보 같이 나온 사진.

표정이나 자세 모든 게 다 하찮아요.

졸린 군밤이. 땅에 파묻힌 감자 같죠?

왜 저렇게 찌부렁탱이로 자는 건진 모르겠지만 귀여워요.

의사 표현이 분명한 군밤이의 자기주장 강한 윗머리.

아기 군밤이

제가 처음 데려온 햄스터가 군밤이에요. 학업으로 인해 그동안 함께 했던 가족과 친구들을 두고 혼자 서울에 왔을 때, 적응하는 부분에서 어려움을 겪었어요. 바쁘게 돌아가는 세상에서 저 혼자 뚝 떨어져 멈춰 있는 이질감이라고 해야 할까요? 알고 보니 저처럼 혼자 타지로 온 사람들이 많이 겪는 감정이더라고요. 저는 이런 감정을 해소하기 위해 '나만의 서울 가족을 만들어야겠다!'라는 웃긴 생각을 했던 것 같아요.

나와 함께할 작은 햄스터를 데려오고 싶다는 마음을 가지고 살아가다, 우연히 지나가던 길에서 군밤이를 발견했어요. 박스 안에 우글우글 모여 있는 햄스터들 사이에서 가장 왜소한 군밤이에게 눈길이 가더라고요. 이렇게 햄스터를 데려오는 게 맞는 건가 싶은

고민이 들었지만 이리저리 치이는 군밤이를 차마 외면할 수
없었어요. 그때부터 군밤이와의 연이 시작되었답니다. 많이
허약했던 아기 군밤이는 첫날부터 상태가 좋지 않았지만 지금은
평균 수명을 훌쩍 넘기고 잔병치레 한 번 없는 건강 햄찌에요.

군밤이와 함께 집으로 돌아가던 그 비장한 마음은 평생 잊을 수
없을 거예요.

아직 친해지기 전이에요.

저를 안 보는 듯 주시하고 있는 아기 군밤이.

겁은 많은데 호기심도 많던 군밤이 어린 시절.

이때부터 점점 친해졌어요.

지금은 쥔장을 자기 발 아래로 보는 군밤이랍니다.

이름	도토리
생일	2022년 7월 15일
성별	왕자님
특징	군밤이와 알밤이 사이에서 태어난 아홉 남매 중 밤톨이네에 남은 아기 햄스터. 제겐 손주 햄스터랍니다. 세모 눈, 그리고 생긴 것처럼 시크한 성격이 특징이에요. 몸집은 정말 작지만 하루 종일 쳇바퀴만 타는 강철 체력을 가지고 있어요. 마음에 드는 간식만 골라 먹는 고급 입맛을 가지고 있어 쥔장을 난처하게 만들 때도 많답니다. 태어날 때부터 알밤이와 공동 육아를 해서 도토리를 보면 항상 예쁘고 귀여워 보여요. 이런 게 바로 할미의 맘…?

햄쪽 같은 한도톨

도토리는 태어난 순간부터 저와 함께해서 그런지 제 말을 정말
안 들어요. 도토리의 관심은 오로지 쳇바퀴. 편식하고, 저를 밟고
다니고, 맨날 집 어지럽히고, 뭔가 사 줘도 감흥 없고, 제가 불러도
무시하고, 몸에 뭐 붙으면 떼 줘도 난리~ 안 떼 줘도 난리에 물그릇은
맨날 엎어 두는 말썽쟁이 한도톨.

그렇지만 장난꾸러기 같은 얼굴에 어울리는 성격이라 더욱 웃기고
매력 있다고 생각해요. 금쪽 같은… 아니 햄쪽 같은 내 새끼지만 눈에
넣어도 안 아플 나의 도토리.

결론 : 아무리 사고치고 말 안 들어도 귀엽다.

끄아아아 이번 생은 햄스터라니!!!

집 청소하려면 나와야 하는데 나가기 싫다는 표정.

도토리는 항상 비몽사몽

햄스터는 원래 잠을 많이 자는 동물이지만 도토리는 그중에서도
잠이 더 많아요. 맨날 꾸벅꾸벅 졸고 있어 제가 들어 올려 집으로
넣어 주면 그 때 잔답니다. 왜 안 자고 버티는지는 잘 모르겠어요.

가장 당황스러운 순간은 제가 잠들었다가 일어날 때까지 밤새
쳇바퀴를 타고 있을 때예요. 조그마한 체구에서 어떻게 그런
에너지가 뿜어져 나오는 건지….

쳇바퀴 탈 때 외에는 항상 비몽사몽 꾸벅꾸벅 조는 도토리.
그래서 눈을 세모로 뜨는 걸까요?

쥔장이 만든 토끼 케이크와 그저 졸린 도토리.

도토리는 유독 앞머리가 길게 자라요.
꼬질꼬질함을 극대화하는 길고 멋진 앞머리.

꾸깃꾸깃해진 도토리. 하찮다… 그래서 더 귀엽다….

먹으면서도 졸린 도토리.

얼굴에 베딩이 붙어서 한껏 쏭질난 도톨.

도토리의 애착 유리병

도토리는 집에 있는 여러 은신처 중 유리병 은신처를 가장 좋아해요.
이 안에 제가 모래나 코코피트를 넣어 주면 유리병 안에 들어가서
한참을 놀다가 나온답니다.

도토리는 일정한 생활 루틴이 있어요. 일어나면 유리병 안으로
쏙 들어가서 세수한 후 쳇바퀴를 하루 종일 타고, 밥을 볼주머니 가득
챙겨서 다시 자러 들어가요. 유리병 은신처를 자기만의 루틴으로
넣은 도토리가 너무 귀엽지 않나요? 나름대로 스스로의 규칙을 세워
매일 지켜 나가는 모습이 너무 기특해요.

도토리의 애착 은신처라 그런지 유리병을 배경으로 한 사진이
많아서 정리해 봤어요. 유리병 속에 담긴 도토리!

찌릿 째려보는 도토리. 코코피트 때문에 얼굴이 꼬질꼬질~.

해삼 같은 통통한 손가락.

도토리의 세모 눈

도토리의 가장 큰 특징이 무엇이냐고 물어본다면 바로 "세모 눈!"
이라고 답할 것 같아요. 도토리는 어릴 때부터 눈꼬리가 위로
뾰족해서 눈이 세모 모양이에요. 그 덕에 항상 화나 보이는 모습이
도토리의 하찮음을 더욱 돋보이게 해서 웃기기도 해요. 작은 털
뭉치가 "나 화났다!!!" 라고 말하는 느낌이랄까요?

도토리는 일반 골든 햄스터보다도 몸집이 작은데, 그걸 보완하기
위해 눈이라도 무섭게 뜨는 걸까 싶은 게 쥔장의 생각이에요.

솜뭉치에 작은 세모 두 개 얹어 두면 도토리 뚝딱!

세모 뽀족 눈.

맹수 같은 눈,

사자 같은 털.

화난 거 아님. 기분 좋은 상태 맞음.

얼굴도 세모, 눈도 세모예요.

부시시~.

까암-빡.

사다리에 망개떡처럼 붙어 있는 도토리.

아기 도토리

도토리는 탄생의 순간부터 지금까지 저와 함께 했기에 아기 햄스터
시절 사진을 많이 가지고 있어요. 햄스터는 평균 수명 2년 동안
일생의 모든 순간이 담기기 때문에 노화가 정말 빠르게 진행되고 그
과정이 잘 보여요. 그렇기 때문에 최대한 많은 순간을 담고 싶었어요.
햄스터의 아기 시절 모습은 금방 사라져서 아쉽지만… 그런
아쉬움이 있기에 소중함도 알 수 있다고 생각해요.

아기 도토리를 매일 기록하는 순간들은 너무 행복했어요.
그 행복을 여러분께 나누어 드립니다!

흙 감자.

133

빵실빵실한 엉덩이.

도토리는 어릴 때부터 이마와 엉덩이가 유독 볼록했어요.

눈에 넣어도 안 아플 청소년기 도토리.

할미의 맘이 이런 걸까요? 내가 평생 지켜 줄게!!!

이름	밤탱이
생일	2022년 7월 15일
성별	왕자님
특징	군밤이와 알밤이 사이에서 태어난 아홉 남매 중 밤톨이네에 남은 아기 햄스터. 앞 장의 도토리와 형제랍니다. 입양을 갔다가 다시 밤톨이네로 돌아왔어요. 다시 만난 밤탱이의 얼굴은 알밤이, 몸은 군밤이를 똑 닮아서 첫눈에 반했어요. 제 자식 같은 아이들을 딱 반반씩 닮은 손주 햄스터 밤탱이. 새벽마다 저와 놀던 작은 복슬 곰돌이랍니다.

다시 만난 밤탱이

군밤이와 알밤이의 2세인 밤탱이는 아주 어린 시절 입양을 갔다가
대략 4개월 만에 다시 밤톨이네로 돌아왔어요. 예상에 없던 일이라
당황했지만 밤탱이를 다시 만나는 순간 평생을 책임질 수 있겠다는
확신이 생겼어요. 밤탱이는 군밤이와 알밤이를 딱 반반씩 닮은
너무나도 사랑스러운 모습이었거든요.

저는 임신과 출산의 경험은 없지만 군밤이와 알밤이가 자식 같다는
생각을 종종 해요. 항상 나보다도 좋은 걸 해 주고 싶고 평생 지켜
주고 싶은 마음으로 군밤이와 알밤이를 보살펴 왔거든요. 그런
아이들을 딱 반반 닮은 밤탱이를 다시 만난 순간, 첫눈에 반했다는
표현이 적절한 것 같아요.

다시 만난 밤탱이.

밤톨이네로 돌아와 줘서 고마워.

첫날 웰컴 토끼 케이크.

먹고 싶은데 어색해서 멀뚱하게 보고만 있는 밤탱이에요.

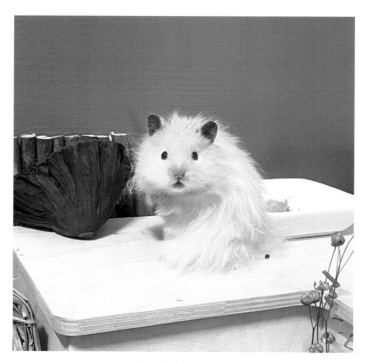

나만의 아기 드래곤.

쩝쩝박사 밤탱이

밤탱이가 밤톨이네로 왔을 시절 쥔장은 요리의 매력에 빠져
있었어요. 그래서 쿠키, 죽, 건조 식품 등 밤톨이들의 음식을 직접
만들어 줬는데, 밤탱이는 항상 잘 먹었어요. 열심히 만든 음식을
가리지 않고 잘 먹어 주니 너무 고마웠던 밤탱이.

함께한 시간은 비교적 짧지만 함께 보냈던 시간의 밀도가 높아서
단짝 친구처럼 재밌는 추억이 많은 밤탱이에요.

아직 어색한데, 간식은 먹고 싶고… 갈등 중.

간식 먹을 때 가장 행복해 보이는 아기 먹방 요정.

밤탱이는 항상 뭐든지 잘 먹어요.

잘 안 먹는 도토리와

잘 먹는 밤탱이.

형제라도 성향이 이렇게 다를 수가 있다니!

생 야채 선물을 받아 신난 밤탱 토끼.

밤탱이는 집돌이

밤탱이의 MBTI 첫 글자는 I라고 추측해요. 그만큼 집을 완전
사랑하는 집돌이 햄스터랍니다. 밤탱이의 하루 일과는 세상에서
가장 편한 집을 꾸미는 거예요. 다른 밤톨이들처럼 노즈워크를
하거나 쳇바퀴를 타는 것보다는 케이지에 흩뿌려진 종이 베딩과
건초더미를 집으로 물어 나르는 데 더 열정을 보였어요. 그리고
은신처 입구에서 몸을 반만 내밀고 케이지 밖 세상을 구경한답니다.

종종 제 침대 위에서 같이 시간을 보내기도 해요.
침대에서 밤탱이를 쓰다듬으며 보내는 휴일이 가장 포근해요.

빼꼼 쥐.

쥔장: 아~! 나오라고!! 나와서 먹어 달라고!!
밤탱: 집에서 먹을고야!!!

쟁쟁한 싸움.
밤톨이네에서는 항상 햄스터가 이겨요.

힘 없는 쥔장….

예쁜 밤탱이 집.

손 주머니 속 밤탱이

밤탱이는 순하고 둔해서 들어 올려도 편안하게 몸을 맡겨요. 손을
주머니 모양으로 만들어서 밤탱이를 감싸 안으면 부드러운 털과
따뜻한 온기를 그대로 느낄 수 있어요.

핸들링을 잘해 두면 햄스터들이 사람 손을 그저 이동 수단으로
생각해서 거부감이 없더라고요. 아마 밤탱이도 손을 케이지에서
침대로 이동할 수 있는 비행기 정도로 생각하는 것 같아요.

손에 폭닥 안겨 있는 밤탱이.
밤탱이가 바로 댕댕햄(댕댕이＋햄스터)?

진짜 아기 같죠?

침대에서 밤탱이랑 노곤노곤한 시간을 보내는 게
제 하루의 마지막 일정이었어요.

제가 안아 들면 편하게 기대는 순둥이에요.

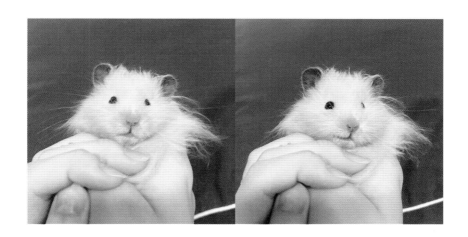

털 펑!

밤탱이의 가장 큰 특징은 길고 풍성한 털이에요. 모량도 풍성한데 모질도 좋아서 만질 때마다 폭신폭신해요. 공작새 같은 풍성한 털과 함께 고양이의 식빵 굽는 자세를 취하는 것이 밤탱이의 시그니처 포즈랍니다. 풍성하게 뿜뿜하는 밤탱이 털을 보면 털이 펑! 하고 터진 것 같아요.

햄스터 TMI! 햄스터는 털 길이에 따라 장모, 단모로 나뉘어요. 밤톨이들은 모두 다 장모 햄스터예요. 장모도 성별에 따라 자라는 길이가 달라요. 암컷은 엉덩이와 귀 뒷부분 털이 소량으로 길게, 수컷은 온몸의 털이 아주 길게 자란답니다. 군밤이, 도토리, 밤탱이가 장모 수컷인데 이 세상 먼지를 싹싹 긁어 와서 뭉쳐 둔 것처럼 털이 길고 부스스하게 자라요.

복슬복슬 아기 곰돌이.

그동안 공작새를 키우고 있었나 봐요.

밤탱이의 멋진 드레스.

호기심 가득 밤탱이

밤탱이의 호기심 가득한 눈빛을 담아 봤어요. 호기심 많은 밤탱이의
눈 속에는 항상 무언가 반짝반짝하게 반사되어 보인답니다. 그게
쥔장일 때도 있고, 케이지에 넣어 준 새로운 물건일 때도 있고,
간식일 때도 있어요. 무언가를 관찰하는 밤탱이의 눈을 지그시
바라보고 있으면 밤탱이의 세상을 잠깐이나마 엿볼 수 있어요.

각자 눈에 비친 서로의 모습.

밤탱이와 친구들!

잔든 햄.

모야~?

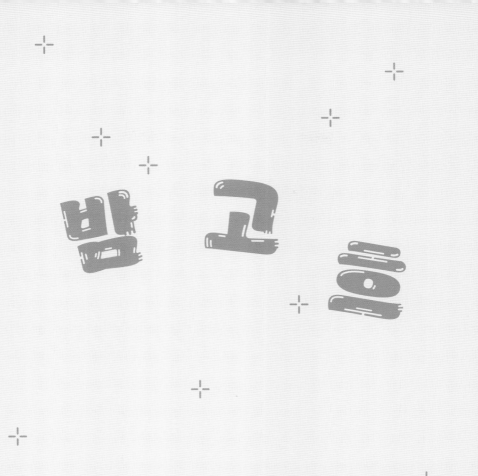

이름	밤고흐
생일	2022년 8월 2일
성별	공주님
특징	인절미 같은 주황색 햄스터가 가득한 밤톨이네의 유일한 회색 햄스터. 아기 시절 꼬불꼬불한 털이 몹시 예술적이라 빈센트 반 고흐의 이름을 따서 밤고흐라는 이름을 지어 줬어요. 성격은 천방지축 말괄량이 공주님이에요. 저에겐 금쪽이 같은 존재라 밤고쪽이라고도 부른답니다. 밤고쪽 외에도 돼지 공주, 흑임자 떡 등 다양한 별명이 있어요. 아무리 사고뭉치라도 그 모습이 밉지 않고 사랑스러워요.

우리 집 공주 밤고흐

고흐는 밤톨이네 공주예요. 그냥 공주⋯ 말 지이이인짜 안 듣는
사고뭉치 공주. 알밤이는 예쁘고 순한 돼지 공주, 고흐는 천방지축
고쪽이 공주. 털이 꼬불거려서 세상에서 제일 뽀글뽀글한 생명체라
생각하기 때문에 뾱실 공주라고도 불러요.

맨날 사고치고 요리조리 뽈뽈 돌아다니는 고흐는 어린 시절 제가
너무 오냐오냐 키웠는지 말을 정말 안 들어요. 그렇지만 귀여우니까
모든 게 용서되는 이 세상의 원리⋯.

아무튼 결론적으로 고흐는 공주다!

이제 막 깬 따뜻하고 꼬수운 흑임자 떡 한 덩이.

코에 코딱지 한가득. (사실 모래랍니다.)

회색 털 공.

옆태가 요정 같이 예쁜 고흐예요.

먹방 요정

고흐는 간식을 주면 간식의 형태를 그대로 보존해서 가져가고 싶어
해요. 큰 간식을 주면 볼주머니가 터질 듯이 구겨 넣어서 매번 간식과
싸우는 것 같답니다. 그래서 고흐에게 간식을 줄 때는 작게 잘라 줘야
해요.

고흐 입엔 항상 간식이 물려 있어요.
간식 먹는 동안은 말썽 피우지 말라는 부탁의 뇌물이에요.

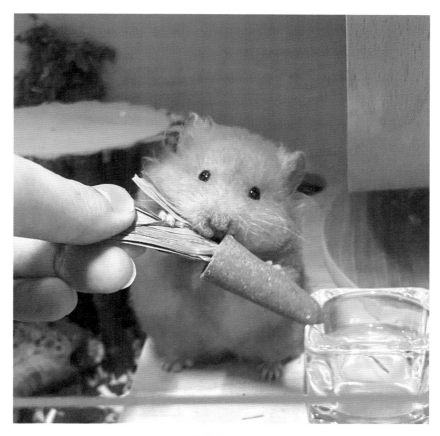

당근 놈놈~.

호두 배달 와써엽.

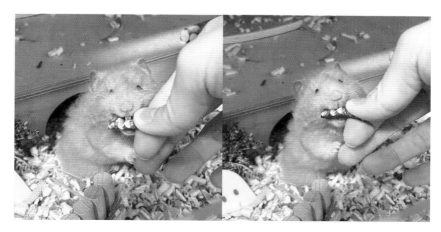

우하학 간식이다~!

영원한 단짝

하루 종일 만져도 질리지 않는 것, 바로 고흐의 볼살이에요. 반죽 주무르듯 고흐의 얼굴을 뭉개기도 하고, 축축한 분홍 코에 뽀뽀도 하고, 간식 주는 척 손가락을 가져다 대면서 장난칠 때마다 열 받아 하는 고흐의 씩씩거림이 너무 귀여워요.

그렇게 장난쳐도 제 품 안에 얌전히 포옥 안겨 있는 고흐를 볼 때면 말로 표현할 수 없는 유대감이 느껴져요. 티격태격하면서도 서로 의지하는 그런 단짝 친구.

제 손만 한 작은 크기지만 누구보다 든든하고 의지가 되는 밤톨이들이에요.

포켓 햄찌.

짜부스터.

쥔장 전용 핫팩.

저는 고흐를 반죽처럼 만지는데

그럴 때마다 은근히 보이는 누런 앞니가 귀여워요.

스마일~.

아기 고흐

고흐는 아기 시절 엄청 뽀글뽀글한 털을 가지고 있었어요. 지금은
갈색으로 변하고 있는 털이지만 어린 고흐의 털은 푸른빛이 도는
회색이었답니다. 꼬불꼬불한 수염과 털이 라면땅 같아요.

고흐를 집에 데려온 첫날, 이동장에서 케이지로 옮겨 주려는데
고흐가 깡총 튀어나와 30분 동안 술래잡기를 했던 기억이 나요.
돌이켜 보면 이미 그때부터 햄쪽이 그 자체였는데, 당시엔
얌전하다고 착각했네요.

지금은 아기 시절의 모습이 많이 사라졌지만 그때도 지금도
사랑스러운 건 똑같아요. 우당탕탕 하루를 보내는 꼬불꼬불한 아기
털 뭉치랍니다.

어릴 때 더 꼬불꼬불한 고흐.

제가 사랑하는 옆태 고흐 아기 버전.

뽀송 뽀실 뽀글 햄찌.

자다 일어나서 머리가 부스스하게 눌렸어요.

뭔가 몹시 불만인 밤고쪽.
포즈와 표정에서부터 심술 뿜뿜.

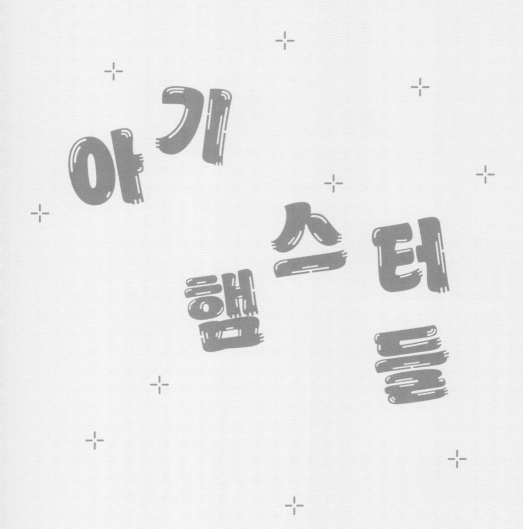

군밤이와 알밤이 사이에서 태어난 아홉 마리 아기들을 소개합니다!
처음 목격한 생명의 탄생은 시공간에 빨려 들어가는 듯 너무나
신비로웠어요. 주변의 온도, 불빛, 소리를 모두 흡수한 공백 속에서
제 눈에 보이는 건 오직 아홉 개의 꼬물거림뿐이었어요. 꽤나 열심히
준비했던 출산이었기에 많은 기대를 했고, 그만큼 기쁨도 컸답니다.

아홉 아기들은 너무나도 사랑스러웠고, 알밤이는 기특해서
고마운 마음이 들었어요. 당시의 순간을 머금고 태어난 생명들이
언젠가는 제 손을 떠나겠지만 이 추억을 잃어버리진 않을 것이라고
직감했어요. 지금까지도 한 번씩 떠오르는 그 장면은 제 마음을
따뜻하게 해 준답니다. 이 시절엔 케이지에서 떨어지지 않고 하루
종일 일과를 함께 했어요. 지켜보기만 해도 행복했던 시간들.

이 아이들 중 두 마리가 밤톨이네의 도토리와 밤탱이랍니다.

저는 알밤이와 같이 육아를 했어요. 알밤이는 제 손을 물고 자꾸 둥지로 가져가거나, 간식을 먹을 때 아기들을 제 손에 툭 놔두는 등 저를 신뢰하는 행동을 자주 보여 주었어요. 그 덕에 저는 아기 햄스터들의 온기를 느낄 수 있는 행운을 얻었답니다.

알밤이와 육아를 하는 과정에서 저와 알밤이의 유대감이 더욱 깊어진 것 같아요.

옹기종기 모여 있는 아기들과 알밤이.

백숙 아홉 마리가 뽈뽈. 이제 막 털이 올라오기 시작했어요.

쿨쿨 자는 인절미 떡.

육아로 피곤한 알밤이와 그냥 잠이 많은 아기.

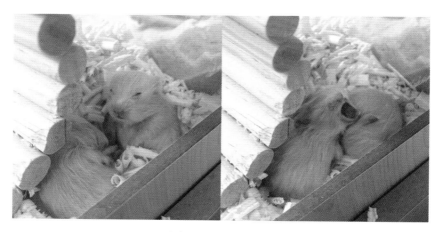

하암~ 자도 자도 졸려~.

쪽! 아기들 모두 알뜰살뜰 살피는 최고의 엄마 알밤이에요.

알감자 네 덩이.

햄스터는 독립적인 동물이라 생후 4주쯤부터 분리를 시작해요.

알밤이와 아기들이 함께하는 마지막 날, 좁은 은신처에서 다 같이 옹기종기 모여 자는 게 귀여우면서도 마음이 찡했어요.

알밤이를 위해 2층에 마련해 둔 육아 해방 공간이라 아기들이 직접 올라오진 못했을 텐데…. 아마도 입으로 한 마리씩 물어 올린 것 같아요. 함께하는 마지막 날인 걸 알고 있었을까요?

누가 집어 가도 모를 정도로 잘 자는 아기들.

나도 나름 햄스터!

뽕!

이유식 먹고 뽈록해진 뱃살.

투닥투닥 사고뭉치들.

아래에 있는 군밤이 어린 시절 사진과 똑같아요.

빤-히 쳐다보는 곰돌이들.

중간에 있는 아기 햄스터가 도토리예요.

어릴 때부터 눈에 띄는 세모 눈.

제 어린 시절 기억 속 햄스터는 학교 앞 박스에서 팔던 모습이에요. 그로부터 약 10년 후, 처음으로 햄스터를 반려하게 되면서 반려 환경이 옛날과 많이 달라진 것을 느꼈어요. 실제로 햄스터 SNS를 운영하며 많은 분이 물어보시는 질문을 추려 현재 햄스터 반려 기준에 대해 간단히 알려드리려 해요.

그리고 반려 햄스터들과 함께하는 삶이 얼마나 큰 행복이 되는지 조금이나마 전달 드리고 싶어요.

이 세상 모든 햄스터들이 행복하기를!

햄스터를 키우게 된 이유는 무엇인가요?

🐹 집순이에 야행성인 제 모습과 많이 닮아서 키우게 되었어요.
또한 케이지를 통해 저와 생활 반경이 구분된다는 점과
독립적인 성격으로 외로움을 타지 않는 점을 고려하여
햄스터를 선택했어요. 무엇보다 작으면서도 보송하고
따뜻한 모습에 매혹된 게 가장 큰 계기예요.

이름에 어떤 의미가 있나요?

🐹 성격도 생김새도 '밤'처럼 동글동글하라고 밤 돌림자를
사용해요. 그래서 제 햄스터들을 밤톨이들이라고 불러요.
유일하게 밤 돌림자를 쓰지 않는 도토리는 밤톨이(밤토리)와
어감이 비슷해서 도토리라고 이름지었어요. 다들 밤
굴러다니듯 뒹굴뒹굴 살아서 잘 어울리는 이름이에요.

햄스터를 키우면서 가장 기억에 남는 순간은 언제인가요?

🐹 매 순간이 행복하지만 항상 첫 순간이 가장 기억에 남아요.
처음 만난 날, 노력 끝에 마음을 열어 주어 제 손에 몸을
맡긴 날, 제가 처음 사 준 것들에 반응한 날 등이요.

햄스터마다 성격과 취향이 다른가요?

🐹 모든 햄스터는 사람처럼 각자 다른 성격과 취향을 가지고
있어요. 밤톨이들은 생긴 대로 성격이 드러나요.
알밤이는 엄청 순하고 둔한데 고집도 있어서 밥이나 은신처에
대한 취향이 확고해요. 군밤이는 날렵해서 광기 가득하게
하루 종일 쳇바퀴를 타고 있어요. 도토리는 매력 포인트인
화난 눈처럼 성격도 시크하고 새로운 것에 큰 반응이 없어요.
밤탱이는 착하고 천사 같아서 짧은 시간 동안 많은 교감을
했어요. 밤고흐는 태어난 김에 살고 있답니다.

햄스터를 키울 때 주의할 점은 무엇인가요?

🐹   책임감과 사랑이 가장 중요해요. 밤탱이라는 친구를
     떠나보내고 나서 한 생명을 책임지는 무게를 온전히 이해하게
     되었어요. 사랑으로 반려하고, 마지막을 잘 보내 주는 것까지
     오롯이 감당할 수 있을 때 책임이 완성된다 생각해요.

햄스터의 평균 수명은 어느 정도인가요?

🐹 햄스터의 수명은 평균 2년으로 몹시 짧아요. 짧은 만큼
하루하루가 빠르고 소중해요. 밤톨이들도 2024년 6월
기준으로 생후 2년이 넘었거나 곧 2년이 된답니다.

햄스터 털 관리는 어떻게 해야 하나요?

🐹 미용 목적이 아니라 청결을 위해서 베딩이 털에 엉키지
않도록 관리해 주는 것이 좋아요. 군밤이, 도토리, 밤탱이
같은 장모 수컷은 드레스처럼 자라는 몸 털을 주기적으로
잘라 주고, 알밤이, 고흐 같은 장모 암컷은 귀 뒷부분과
엉덩이 양옆에 v 자로 나는 털을 잘라 줘요. 이렇게 자른 털을
기념으로 간직하기도 한답니다. 아주 소량의 털을 잘라서
간직하고 있는 것을 추천해요.

햄스터끼리 같은 케이지에 넣어도 되나요?

🐹 햄스터는 한 마리당 한 개의 케이지가 필요해요.
영역 싸움을 하는 독립 동물이라서 같이 두면 위험해요.

햄스터들은 감정 표현을 어떻게 하나요?

🐹 햄스터는 작아서 덤덤한 듯 보이지만 자세히 관찰해 보면
다양한 감정을 표현해요. 마음에 들지 않으면 진동 소리도
내고, 장난치면 흰자가 보이게 째려보기도 하고, 좋아하는
간식을 주면 묘하게 들떠 있고, 졸리면 귀가 접혀 있어요.
작은 햄스터를 관찰하며 보이는 수많은 감정들은
신비로워요.

햄스터가 좋아하는 음식은 무엇인가요?

🐹 채소는 청경채, 루꼴라, 케일, 브로콜리를 좋아하고
과일은 사과, 수박, 바나나, 멜론을 좋아해요. 그리고 호박,
고구마 같이 달달한 구황작물이나 호두, 땅콩 같은 견과류도
좋아해요.

핸들링은 어떻게, 얼마나 해야 하나요?

🐹 핸들링이 가장 오래 걸린 건 약 5개월이에요. 처음엔
멀리서 손 냄새만 맡게 해 주고, 간식을 손으로 줘 보다가
나중엔 등을 쓰다듬어 보고, 만져 보고, 들어 올려 보고…
이 과정을 끈기 있게 꾸준히 하면 핸들링이 돼요.
사람도 서로 믿기까지 오랜 시간이 걸리는데, 작은 햄스터가
거대한 인간에게 마음의 문을 열어 준다는 건 큰 용기가
필요한 일이잖아요. 조급해하지 말고 인내하며 반복하다
보면 어느새 친해져 있을 거예요.

햄스터를 만지면 어떤 느낌인가요?

🐹 햄스터 털은 엄청 보송하고 부드러워요. 생각 그 이상으로 부드럽고 따뜻하고 말랑해요. 하루 종일 만지고 싶은 촉감이에요.

햄스터와 함께하는 삶은 어떤가요?

🐹 햄스터는 예민해서 아프거나 급사하는 경우가 비교적 많은데 겉모습만으로는 상태를 알아채기 어려워요. 그래서 항상 작은 변화에도 같이 예민하게 반응하고 살펴 줘야 해요. 야행성 동물이라 활동 시간대가 다르면 못 보는 날도 있고, 애교가 많은 동물이 아니라 너무 자주 만지면 스트레스를 받기도 해요. 이렇게 예민한 측면이 많지만 세심하게 돌봐 주고 습성을 이해하면 모든 게 사랑스러워요.

햄스터를 키우면서 바뀐 점은 무엇인가요?

🐹 햄스터가 의외로 사고를 많이 쳐서 인내심이 늘어요.
햄스터와 관련 있는 주제에 항상 귀를 기울이게 되었고
동물권에도 관심이 많아졌어요. 저는 햄스터 덕분에 다양한
SNS도 시작했고 이를 통해 많은 기회를 접하고 있어요.
무엇보다도 제 주변에 귀여운 햄스터가 많으니 행복합니다!

에필로그

출판 작업을 하면서 제 작은 친구들을 책으로 의미 있게 기록할 수
있어서 행복했어요. 밤톨이들이 해씨 별로 떠나는 날이 오더라도
제 마음속에서 영원히 살아가는 데 이 책이 원동력이 될 것 같아요.
책 출판을 제안해 주시고 많은 도움을 주신 포르체 출판사에
감사드립니다. 저를 항상 행복하게 해 주는 밤톨이들과 부모님,
그리고 밤톨이들을 사랑해 주시는 밤톨이네 친구들께 이 책을
바칩니다.

작고 따뜻한 햄스터를 반려하며 배운 사랑을 토대로 더 따뜻한
사람이 되고 싶습니다. 이 세상 모든 햄스터들이 행복해지길
바라며…!

귀여운 밤톨이들이 세상을 구하지

초판 1쇄 발행 2024년 6월 26일

글·사진 한채영
펴낸이 박영미
펴낸곳 포르체

책임편집 김아현
마케팅 정은주
디자인 황규성

출판신고 2020년 7월 20일 제2020-000103호
전화 02-6083-0128 | 팩스 02-6008-0126
이메일 porchetogo@gmail.com
포스트 https://m.post.naver.com/porche_book
인스타그램 www.instagram.com/porche_book

여러분의 소중한 원고를 보내주세요.
porchetogo@gmail.com